Hermann Jellinghaus

Die Flexionen der Ravensbergisch-Westfälischen Mundart

Antigonos

Hermann Jellinghaus

Die Flexionen der Ravensbergisch-Westfälischen Mundart

Unveränderter Nachdruck der Originalausgabe von 1877.

1. Auflage 2024 | ISBN: 978-3-38641-280-3

Antigonos Verlag ist ein Imprint der Outlook Verlagsgesellschaft mbH.

Verlag: Outlook Verlag GmbH, Zeilweg 44, 60439 Frankfurt, Deutschland
Vertretungsberechtigt: E. Roepke, Zeilweg 44, 60439 Frankfurt, Deutschland
Druck: Libri Plureos GmbH, Friedensallee 273, 22763 Hamburg, Deutschland

Die Flexionen

der

Ravensbergisch-Westfälischen Mundart.

Inauguraldissertation

verfasst

und

zur Erlangung der philosophischen Doctorwürde

der

H. Philosophischen Facultät der Universität Jena

vorgelegt

von

Hermann Jellinghaus.

NORDEN.

Druck von Diedr. Soltau.

1877.

Zur Orientirung des Lesers die Bemerkung, dass die folgenden
Blätter ein Ausschnitt aus meiner Schrift: „Die Laute und Flexionen
der Ravensbergisch - Westfälischen Mundart mit einem Anhange von
Kinderreimen und Räthseln, sowie einem Wörterbuche“ sind, welche
der H. Philos. Facultät zu Jena vorgelegt wurde und in Kurzem im
Verlage von J. Kühtmann in Bremen erscheinen wird.

Der Verfasser.

Zweites Buch.

Flexionslehre.

Erster Abschnitt. — Declination.

§ 192. Von den vier Casusformen: Nominativ, Genitiv, Dativ und Accusativ ist der Genitiv gröfstentheils aufgegeben und wird durch die Präposition fan mit dem Dative oder, auf syntaktischem Wege, vermittelst des possessiven Pronomens (suin, üar), ersetzt. Die Sprache bewahrt diesen Casus ungefähr in denselben Fällen, in welchen die hd. Umgangssprache sich seiner noch ohne affectirt zu werden, bedienen kann. Das karakteristische des Ravensbergischen ist gegenüber den östlichen und nördlichen Mundarten die durchgehende Erhaltung des e, en der Endung und als Folge derselben das Festhalten der lautlichen Unterscheidung zwischen Dativ und Accusativ. So ist z. B. eine Abstofsung des Endungs-e des Dativs st. masc. Substantive, wie sie jetzt von Norden und Süden her auch ins Hochdeutsche so stark eindringt, im ravensbergischen Niederdcutsch unerhört.

Wo der Plural sich nicht mehr durch Endung oder Umlaut vom Singular unterscheidet, wird in der Regel die Endung „s" als Zeichen des Plurals verwendet. Der Nominativ wird sehr häufig durch den Accusativ ausgedrückt, wie überall im Ndd. Auch schmilzt er in der Declination schw. weiblicher Substantive durch Ueberhandnehmen der Endung -en mit ihm zusammen.

Die Adjective der zweiten Reihe bewahren in beträchtlicher Anzahl kräftig das auslautende e ihrer flexionslosen Form (prädicativ). Ebenso crhält sich das auslautende e in den Zahlen von 1 bis 12 mit Ausnahme von sieben=7 und niegen=9.

I. Die substantivische Declination.

§ 193. Indem die ravensbergischen Substantive, wie die hochdeutschen, das auslautende e, en bewahren, gleichzeitig aber in eigenthümlicher Weise der Pluralbildung mit -s und -ens zugeneigt sind, entstehen eine Anzahl von Flectirungsweisen, welche, bei ihrer schwankenden Natur, einer auf die alte deutsche Declination begründeten

Gruppirung sich nur schwer unterstellen. — Einigermafsen jedoch ordnen sich die Declinationen der ravensbergischen Nomina nach Mafsgabe der Geschichte der deutschen Substantive, nach ihrem Geschlechte und nach ihren Endungen in folgender Weise.

Erste Klasse.
Starke Declination.
A. Masculina.

§ 194. **Erste Reihe.** Die Endungen sind:

Sing. Nom.	—		Plur. Nom.	e	
(„ Gen.	es		„ Gen.	e)	
„ Dat.	e		„ Dat.	en	
„ Acc.	—		„ Acc.	e	

fisk, fiske, fisk; fiske, fisken, fiske.

Der Nominativ Singularis ist endungslos und der Stammvokal lautet im Plural nicht um.

Beispiele: brink=Hügel, bil=Schnabel, but=junger Ochse, dåil =Theil, dach=Tag. ellenbut=Iltis, elk=Iltis, ent=Endtheil, ham= ein Fischnetz, küp=ein Ueberbau, piust=Blasehauch, raip=Strick, stairt=Sterz, säut=Brunnen, slåif=hölzerner Kochlöffel, sprik=kleiner Zweig, twik=Zweig, timp=Landspitze, wuip=Strohwisch, hummek =Hummel, håürn'k=Hornisse, höltik=Holzapfel (gew. Pl. höltke), tipk =Spitze, tiusk=Zipfel, dopk=Eispitze, küenink=König, üanernt=Nachmittag, glium=Feuerhaken, triems=die Tremse, wåinwārp=Maulwurf, mîk=Regenwurm, pîk=Mark, wîk=Enterich.

Ohne Plural:

dîch=Gedeihen, eolf=das Wühlen, flot=Rahm, fleom=Fetthaut der Schweine, gåsk=Geeskohl, schüöl=Bodensatz, smant=Rahm, smul= Fett, Speck.

Nur im Plural:

wialdāge=lustige Tage, wåidāge=Schmerzen, påitke=Hoden von Thieren, wacke=Molken.

Bemerkenswerth ist der Ausdruck: düf' dāges=dieser Tage, neulich.

§ 195. **Zweite Reihe.** Diese Declination hat dieselben Endungen wie die erste, aber im Plural lautet der Stammvokal um.

ål=Aal, åle; dop=Eischale (halbe), döppe; feot=Fufs, foede; häup=Haufen, håüpe; kump=die Kumme, kümpe; kniust=Knollen, knuüste; bost=Borst, böste; kål=Kohle, küale; lask=eine Lasche aus Holz, läske; nask=Kästchen, näske; post=Pfosten, pöste; pol =Baumkrone, pölle; peol=Pfütze, poele; puk=Mehlsack, pücke; ram=Krampf, rämme; späun=Spän, spåüne; sneor=die Schur, snoer'; stråns=hochtrabender Bengel strånse; top=Zopf, töppe; toch, tuch =Zug, tüage, tûge; wäch=Weg, wiage. äurnt=Tauber, åürnde; bås=Barsch, båfe; duok=Beule, düöke; prul=Dolde, prülle; tuarf =Rasenstück, tüarwe.

Ohne Plural:

balch=Balg (Pl. bälgen=Pedal), slump=Glücksfall, duks=dummer Junge (Sch.), immedrås=die Hefe von Wachs und Honig, uolm, üölm =Dampf, däut=Tod.

Nur im Plural:

flüöde=Rheumatismus.

Die Wörter der ehemaligen dritten (u-)Reihe haben sich an die zweite Reihe angeschlossen, z. B. tan=Zahn, tiane.

Bemerkenswerth ist jedoch das e in de suone=der Sohn, süöne.

Von friae=Friede erhält sich ein Dativ „friae" in „geot to friae suin"=wohl sein.

schüöte=Schuss (eines Baumes), Acc. schüöte.

B. Neutra.

§ 196.   Sing. Nom. —   Plur. Nom. e
     („ Gen. es   („   Gen. e)
      „ Dat. e   „   Dat. en
      „ Acc. —   „   Acc. e

Karacteristisch für diese Reihe ist die Endungslosigkeit des Nom. Sing. Da sich aber nur wenige Wörter der alten zweiten und dritten Reihe in einer Besonderheit erhalten haben, die meisten hingegen zur ersten Reihe hinzugetreten sind, so bleibt im Ganzen nur diese eine Reihe starker Neutra übrig.

Beispiele: breok=Brüch, dål=Hofthür, gäk=Verzierung am Giebel, hecht=Bund (Flachs), hek=Pforte, hål=Loch, let=Klappe, lecht =Licht, lechte; luik=Leiche, luike; ref=Gerüst; rüsk=Binse, rüske; slink=Barrière, schap=Schrank, suik=Thal, schüt=Schutzbrett, schåt =Taubenkasten, mest=Messer, twik=Zweiglein.

Rüsk hat auch rüsken im Plural, twik ist auch st. m. 1., der Plural lautet auch twicker, twuiger.

Ohne Plural: blak=Tinte, bärk=Baumrinde, blik=der blofse Hintere, flas=Flachs, gat=Loch, fast=Dachfirst, fåih=Vieh, håuch =Heu, kaf=Spreu, luin=Leinsamen, met=Fleisch, stiek=das Steek, poggenschåt=Froschlaich, räukschåt=Rauchfang.

In den Wörtern auf r geht das Endungs-e des Plurals und des Dat. Sing. in dem r unter:

häur'=Haare, jäur'=Jahre, spuir'=Halme; häürn=Horn hat: håürn'=Hörner (neben håner).

Ein Umlaut findet sich in:

bräut, bråüe=Brod; bunt, bünne=Bund, punt, pünne=Pfund; beok =Buchecker, boeke; läun=Geldlohn, låüne; weort=Word, woerde.

Beachtenswerth ist die Declination folgender Wörter:

bedde=das Bett, Pl. bedden. **stük**, stücke=das Stück, Sing. Dat. stücke. Plur.: stücke, stücker, Dat. stücken, stückern, Acc. stücke, stücker. **glücke**=Glück, ohne Plural. **ramente**=Lärm, ohne Plural.

Zu **wiark**=Werk, Pl. wiarke und zu **dink**, Pl. dinge und „dinger" existirt ein aus dem Gen. entstandenes „dat wiarks"=der Stoff der Arbeit, und dat „dinges"=das Dingelchen.

früsminske=Frauenzimmer, Dat. u. Acc. -e, Plur. -en, -er.

C. Feminina.

§ 197. Reine st. Declination der Feminina, entsprechend den betreffenden altdeutschen Declinationen, existirt nicht. Statt derselben giebt es, im Ganzen in Uebereinstimmung mit dem Neuhochdeutschen, folgende zwei Hauptformen.

Erste Reihe:

Sing. -e. Plur. -en.

flüede=Quellbach, Pl. flüeden.

Es ist also der Singular stark, der Plural hingegen ist schwach geworden. Umlaut findet nicht statt. Von den schw. Femininen unterscheiden sich die Wörter dieser Reihe dadurch, dass sie weder im Nominativ noch in den obliquen Casus des Singulars ein n annehmen können.

Hierher gehören u. a.:

bieke=Bach, bläge=Kind (Sch.), bredde=Breite, brüöke=Bruch in Holz, Glas; buürunge=Hausrichtung, diene=Thal, fiafe=Faser, fläwe=Pfeife aus Bast, fuilte=das Feilsel, hälfte=Hälfte, hegge=Waldsaum, Hag; hiushåime=Heimath, imme=Bienenstock, Biene; knåiwäge=Kniegelenk, kübbunge=Verlängerung des Daches über den Wohnzimmern, leoge=Lohe, måine=Meinung, moeme=Mutter, müele =Maul, neone=die None, putse=Scherz, richte=der grade Weg, stuige=die Stiege (20), stuie=Stätte, stanne=Fass, snacke=Fliege, snuüfe=Fleischstock, stiuke=Baumstumpf, uchte=Dämmerung, wiaske =Tante, wispelte=Wespe; de äsɕe, ämme=der Buchstabe S, M; äpe =Affe ist auch schw. Masc.

Ohne Plural: måne=Mond, måde=Maſs, z. B. de måde niemen= das Maſs nehmen; mialke=Milch, de Halle=Ortsname Halle i/W.; die Wörter auf -uijje, z. B. dåiweruijje=Dieberei.

In Wörtern, deren Endkonsonant r ist, geht das Endungs-e in diesem r unter, z. B. duür'=Thür, lair'=Lehre, miar'=Stute.

In Wörtern auf -el fällt das Endungs-e des Singulars ab: wårdel=Warze, pingel=Klingel.

§ 198. Zweite Reihe:

Sing. — Plur. -e, Dativ -en.

keoh=Kuh, kojje, Dat. kojjen.

Der Singular ist unregelmäſsig, der Plural aber regelmäſsig entwickelt und lautet um.

Beispiele: änt, iane=Ente; fläu, flåüe=Floh; gäus, gåüfe=Gans, hucht, hüchte=Strauch; muut, münne=Mund; eort, oerde=Ort, Ecke; pleoch, ploege=Pflug; not, nüede=Nuss; måget, miagede=Magd, plaggensift=Plaggensense; wisk, wiske=Wiese; stat, stiae=Stadt.

Munt und eort sind auch Masculina.

Ohno Plural: lust=Blumenstrauſs, snåt=Grenze, schucht=ein Theil des Halses des Rindes.

Im Plural: niede=Nisse.

Wörter auf -håit haben -en im Plural, gewöhnlich mit hochdeutschem t: laichhåiten=Bosheiten, gemåinhåiten=der Gemeinde gehörige Grundstücke.

iarſte=Erbse, Pl. iarfte; snit=Seite, Pl. suiden; dial=Tenne. Pl. diale.

Zweite Klasse.

Schwache Declination.

A. Masculina.

§ 199. Sing. Nom. e (en)   Plur. Nom. ens, en
       („ Gen. en   „ Gen. ens, en)
         „ Dat. en   „ Dat. ens, en
         „ Acc. en   „ Acc. ens, en

hāne, hānen, hānen, hānen.

Plural: hānens u. hānen.

Die schwachen Masculina unterscheiden sich von den st. Masc. durch das -en im Dativ und Accusativ.

Bemerkenswerth ist die häufige Endung -ens im Plural. In folgenden schw. Masculinen ist ein Plural auf -ens fast ausschlieſslich im Gebrauch:

de hāgens=die Hecken, Sing. hāge; de hānens=die Hähne, Sing. hāne; de hāſens=die Hasen, Sing. hāſe; de miagens=die Mägen, Sing. māge; de stākens=die Stangen, Sing. stāke; de ruüens=die Hunde, Sing. ruüe; de wiagens=die Wagen, Sing. wāge; de uakens =die Burschen, Sing. uake.

Bei andern ist wieder ein Plural auf -en alleinherrschend, z. B. de minsken=die Menschen; kliuden=Erdschollen.

Zu den reinen schwachen Masculinen gehören noch:

āpe=Affe (auch fem.), basse=Schwein, bolse=Kater, diume=Daumen, elefante=Elephant, gante=Gänserich, gialgoeſe=Goldammer, pāge=Pferd, riune=Wallach, soldåde=Soldat, schuake=Fuſs, Bein; stāle=Tischbein; swåine=Hirt.

In den übrigen schw. Masc. ist das n der obliquen Casus im Nominativ entweder bereits herrschend oder doch neben -e gültig geworden. So hört man:

heofse und heofsen=Husten, kuade und kuaden=Kotten, knuake und -en=Knochen, rogge und -en=Roggen, wuime und -en=Theil des Rauchfangs.

Fast stets: balken=Hausboden, Balke; bollen=Hinterbacken, timpen=Spitze eines Dreiecks (neben timp, stm.).

Wörter auf re lassen das e in dem r aufgehen:

biur'=Bauer, hair'=Herr.
Zu dieser Declination auch rügge=Rücken und wåide=Weizen.

B. Feminina.

§ 200. Das Paradigma der ehemaligen schwachen Feminina ist jetzt:

Sing.	Nom.	-en, e	Plur.	Nom.	en (ens)
„	(Gen.	-en	„	Gen.	en)
„	Dat.	-en (e)	„	Dat.	en
„	Acc.	-en (e)	„	Acc.	en

Von den st. Fem. unterscheiden sich die schwachen durch das -en im Singular. Da aber bereits Dative und Accusative auf -e in schwachen Femininen auftreten, so schwindet die Möglichkeit einer Unterscheidung. Augenblicklich ist -en im Dative und Accusative noch vorherrschend. Von der Declination der schw. Masc. trennt sich die der Fem. noch dadurch, dass bei den Femininen das -en alle Mal im Nom. Sing. angewendet werden kann und dass bei den Femininen ein „ens" statt „en" im Plural selten ist.

a. Im Nom. Sing. haben fast stets n:
airn=Erde, bäurn=Barte, blessen=Stirn, büenen=Bühne, bössen= Bürste, brüggen=Brücke, dannen=Tanne, duifsen=Deichsel, frübben =Frau, füchten=Fichte, füllen=Giefskelle, håi'n=die Heide, haien= Werg, Hede; kissen=Kiste, kiln=Kette; kiarken=Kirche, kabben= Kappe, käur'n=Karre, linnen=Linde, puiben=Pfeife, mellen=Grashalm, roer'n=Röhre, schair'n=Scheere, schiln=Schale, stangen= verschnittenes Schwein, swieben=Peitsche, wuien=Weide, wåien= Viehweide, wåltern=Walze, låüwern=die Laube u. a. m.
-en steht also besonders dann, wenn r, l, b, p vor der Endung steht.
b. Die übrigen schw. Fem. haben im Nom. Sing. häufiger e, wenn man davon absieht, dass der Accusativ oft statt des Nominativ eintritt, z. B. fast stets in Sätzen wie: dat es en lügen=das ist eine Lüge.
Beispiele:
binse=Stirnbinde, bIfe=kurzer starker Regen, butse=Bretterverschlag, dünje=Schlaf (am Kopf), hoeke=Weibertrauermantel, huile= die Hilde, kiufe=Backenzahn, kiule=Grube, kreone=1) Kranich, 2) Krone, knudde=Flachsknoten, kölle=schwarzer Stirnfleck, kubbe= schlechte Kammer, kudde=cunnus, kiffe=schlechtes Häuschen, kriuke =Krug, lüge=Lüge, lunge=Lunge, nachtmär'=der Alp, niafe=Nase, kuller'=runde Scheibe, panse=Wanst, pörde=Pforte, pogge=Frosch, ragge=jähriges Schwein, ringse=Wagenleiter, såifse=Sense, säge= Säge, schiude=Grabscheit, siene=Sehne, smicke, swicke=Gerte, snuilåe=Schneidelade, sticke=Schwefelholz, struade=Speise- und Luftröhre, sunne=Sonne, swalwe=Schwalbe, süge=Sau, taske=Tasche, tIwe=Hündin, tralte=Zahnwurzel mit zwei Enden, tredde=kleine

Walze, trecke=Schublade, träue=Spur, trügge=Schöpflöffel, tunge=
Zunge, tunne=Tonne, uüfse=Kröte, waige=Wiege, welle=Quelle.
    Von Pluralen auf -ens hört man:
frübbens=Frauen, kiarkens=Kirchen, bössens=Bürsten u. a. m.

C. Neutra.

§ 201. Eine eigenthümliche schwache neutrale Declination existirt nicht.
    härde=Herz, Dat. härde, Acc. härde. Pl. härdens.
    änge=Auge. Pl. äugen.
    hiemde=Hemd. Pl. hiemden.

Declination der R-Stämme.

§ 202. fäer=Vater, Pl. färs, fiaer; breoer=Bruder, Pl. broeers,
broeer; süster=Schwester, Pl. süsters; dächter, dågter, Pl. dächters,
dågder.

S und -er als Pluralendung.

§ 203. Aufser den behandelten Paradigmen lassen sich noch
andere, durch Uebergänge, Vermischungen und Abfall von allen Endungen entstandene aufstellen. Es sind dieselben aber sehr schwan-
kend und zumal sie gewiss unter hd. Einflusse stehen, ohne Werth.
Beacbtung verdienen dagegen „s“ und „er“ im Plural.
    a. Plurale auf er finden sich, abweichend vom hd. in:
aiker=Eichhörnchen, bâister=Bestien, dinger=Gegenstände. früs-
minsker=Frauenzimmer, hölder=Gehölze, struüfer=Sträufse, twuiger,
twicker=Zweige, wichter=Mädchen, luüter=Mädchen.
    b. Plural auf s.
    Die Endung-s nehmen, aufser den schwachen Masculinen und
Femininen, unter st. Masculinen und Neutren mit Vorliebe diejenigen
an, welche bereits ohne andere Flexionsendungen sind. Das Schema
ist dann
Sing. — Plur. -s

appels=Aepfel, ärms=Arme, iefels=Esel, hämers=Hämmer, kârls
=Kerle, täurns=Thürme, nåwers=Nachbarn, bäckers=Bäcker, up-
râiers=Kämme. — Neutra auf -sel: äckernschiarsels=Maikäfer,
springsels=Heuschrecken. — Neutra auf -ken: kindkens=Kinder-
chen, kätkens=Kätzchen, ächelkens=Blutegel, flüchelkens=Schmet-
terlinge, miakens=Dienst-mädchen, tielåüskens=wilde Primeln.
    Masculina und Neutra auf -el haben entweder -s, oder sie
sind, mit Ausnahme des Dativ Pluralis auf -n flexionslos, wie im
Hochdeutschen.
    a. Beispiele mit pluralem s:
slüedels, m.=Schlüssel, schüssels, m.=Brodschieber, witkawwels=
Grünschnäbel, pümpels, m.=dicke Holzenden, hümpels, m.=Haufen,

stüssels, m.=Stützbalken, härdels, n.=Herz des Flachsstengels, knüw-
wels, n.=Knäuel, schiufsiedels, n.=Tragriemen des Kürrners.

b. Flexionslos (mit Ausnahme des Dat. Plur.) sind u. a.:
nägel, niagel, m.=Nagel, fügel, fügel, m.=Vogel, aitappel, f.=Kar-
toffel, enkel, n.=Fufsknöchel, tåiken=Zeichen.

Aufserdem zeigen einen Plural auf s u. a.:
bodder, n.=Butterbrod, bessem, m.=Besen, brüjjem, m.=Bräutigam,
dåir, n.=Dirne (Sch.), deor, n.=Thor, eower, n.=Ufer, laiers=die
Wangen, läken, n.=Leintuch, luüt, n.=Mädchen, Pl. luüdens, luüters,
luüter; kinners=Kinder! als Ausruf; munster, n.=Muster, spair. n.==
Sparren, üörgel, n.=Orgel, trummel, f.=Trommel, fummel, f.=cunnus.

Nur im Singular kommen vor und bleiben also undeclinirt:
hinner, m.=Hindernifs, plieder, m.=Moder, sluür, m.=träger Gang,
middach, n.=Mittagessen, nöchtern, n.=Frühstück.

Diminutiva auf -ken können, im Angedenken an ihr Stamm-
wort, auch Masculina und Feminina sein. So kätken, f.=Kätzchen;
muüsken, f.=Kuh; kösken, f.=Kruste; suürken, m.=Sauerampfer;
fetmänken, m.=Engelling.

Zu **man**, m.=der Mann, welches wie im hd. flectirt wird, findet sich:
mans neoch suin=Mannesart genug haben und, wohl ebenfalls geni-
tivisch, niem's nich=niemand. De måiste man=die Meisten, wird ein
Plural von man sein.

§ 204. Zur Declination der Eigennamen ist zu bemerken,
dass Mädchen durch den Familiennamen mit angehängtem genitivischen
s bezeichnet werden, so dass die kleine Tochter eines Mannes, der
„Kassink" hiefse, Kassings, der Sohn hingegen Kassink genannt würde.

Das genitivische s fehlt in den Namen der Wochentage: donner-
dach und såderdach.

II. Die adjectivische Declination.

A. Das Adjectivum.

§ 205. Das Adjectivum tritt in einer starken und einer
schwachen Flexionsweise und aufserdem flexionslos auf.
Erstens. St. Flexionsweise.

		M.	F.	N.
Sing.	Nom.	e (en), —.	e	et, —.
„	Gen.	—	—	—
„	Dat.	en	en, (e)	en
„	Acc.	en	e	et, —
Plur.	Nom.	e	e	e
„	Gen.	(er)	(er)	(er)
„	Dat.	en	en	en
„	Acc.	e	e	e

Beispiel: dum=dumm.

 Nom. dumme (-en); dumme; dummet, dum.
 Dat. dummen; dummen (e); dummen.
 Acc. dummen; dumme; dummet, dum.
 Plur. dumme, dummen, dumme.

 geoe; geoe; geoet, geot=gut, -e, gut.
 äule; äule; äulet, äult=alt, -e, alt.

Der Nom. Sing. Masc. lautet auf -e, wenn der Nominativ als Vocativ steht: gräude ruüe!=grofser Hund! Für gewöhnlich steht das aus dem Accusative eingedrungene -en. Die Form des Nom. Sing. Masc. auf -en, -e und die Formen des Nom. und Acc. Sing. Neutr. auf -et sind die gewöhnlicheren. Die entgegenstehenden nackten Formen werden angewendet: 1) in leichter, rascher Rede, so dass sie der Sprache etwas lebhaftes oder trauliches geben. So heifst es: bis en dum luüt=bist ein dummes Mädchen; en schäün piart!=ein schönes Pferd! Et es en äult man=es ist ein alter Mann heifst es im Tone des Mitleids, mit Emphase. — Da's mål 'n lank mest=das ist mal ein langes Messer; „en bluint man“=ein blinder Mann. Im Zusammenhange mit dieser Verwendung der nackten Formen steht ihr häufiges Vorkommen in Sprichwörtern und Gedichten. „Wit piart was nich wuis',„=das weifse Pferd war nicht klug. 2) stehen die nackten Formen in den genannten Casus gern bei mehrsilbigen Adjectiven, zur Vermeidung von schwerfälligen und misklingenden Silben und von Konsonantenhäufungen: Et es en fergnoeget, früntlik kuint=es ist ein vergnügtes freundliches Kind. „groen gräs“=grünes Gras. Das t (d) der Endung -et fällt ab in „et es laige wiar“=es ist schlechtes Wetter; et was stille wia'r.

Vor Femininen steht das attributive Adjectiv nie ohne Flexionsendung: en äule frübben=eine alte Frau, nie äult frübben.

Als Gen. Sing. sind wohl anzusehen: „wat nuijjes“ neben wat nuijjet. „Soed's dårin“=Süfses hinein. — Der Gen. Plur. findet sich in Redewendungen wie: ruiker luüe kuint=reicher Leute Kind.

§ 206. Zweitens. Die schwache Form der Adjectiva bietet wenig besonderes.

		M.	F.	N.
Sing.	Nom.	-e	e	e
„	Dat.	-en	en	en
„	Acc.	-en	en, e	e
Plur.	-en			

Drittens. Ueber das prädicative Adjectiv ohne Flexionsendung vergl. § 208.

§ 207. Man unterscheidet zwei Reihen von Adjectiven, solche, welche in prädicativer Stellung auf Konsonanten ausgehen, also ohne Endung sind, und solche, welche prädicativ auf ein Schwächungs-e endigen.

Zur ersten Reihe gehören beispielsweise:
blåf=blau, bluint=blind, but=grob, unreif, buisoekern=habsüchtig,

einschmeichelnd, buikuomern=zutraulich, fräuh=froh, lak=schlaff, lucht=link, nuich=neu, nüt (adv. nüdde)=tüchtig, rium=geräumig, tåf=zähe; såiks=siech, aussätzig, sluks=gefräfsig; die auf -ich, wie wialich=wohlig, lich=leer; auf -ik, wie lüt'k=klein, auf -lik, wie früntlik=freundlich, auf -isk, wie luün'sk=launisch, falsch; auf -er, wie schamper=scharf; auf -en, wie hölten=hölzern, auf -el, wie krĪgel=munter, auf -et, wie näket=nackt, duüt=tüchtig, brav, twuibåin't =zweibeinig; die Comparative auf -er, wie grådder=gröfser; die Participien auf -ed und -en.

Daran schliefsen sich, nachdem durch die Wirkung des halbvokalischen r das Endungs-e nach r stets untergegangen ist, alle auf -r z. B. swäur=schwer, wäur=wahr, muür=mürbe.

Zur zweiten Reihe gehören folgende:

ålle, et es ålle=es ist zu Ende, däude=todt, dicke=trunken, donne =gespannt, dåipe=tief, drûge=trocken, enge=eng, faste=fest, gluwwe =scharf von Gesicht, håile=heil, hüuge=hoch, jåiwe=gesund, lange =lang, lichte=leicht, luike=gerade, läde=spät, laige=böse, laipe= fade, minne=schwach, råge=selten, råie=fertig, råükeläufe=leichtfertig, schåiwe=schief, smuüe=sanft, soede=süfs, stille=still, stuüke, stiuke=stumpf, suüke=siech, suige=niedrig, swanke=geschwind, swuic=stark, heftig, trüwwe=treu, wuife=weise, wisse=gewiss, woeste =wüst.

§ 208. Eine besondere Form für das Adverb, auf -en haben bewahrt:

luisken=leise, netken=ganz nett, puilken=peinlich genau, sinjen =sinnig, sacht; stilken=still, siudken, sûdken=sanft, (spin)dicken!= der Ruf des Hänflings.

B. Das Numerale.

§ 209. Man zählt; åine, twåie, dråie, fåir', fuiwe, sesse, sieben, achte, niegen, taijjen, elben, twialwe, drüttåijjen, fåirtåijjen, füftåijjen, seståijjen, siemtåijjen, achtåijjen, niegentåijjen, twüntich, dårtich, förtich, füftich, sestich, siemsich, achsich, niegentich, hunnert, diufent.

Nebenformen: siebener=7, twålwe=12, nientåijjen=19, twintich=20, fettich=40, fiftich=50, siemtich=70, achtich=80, nientich =90. åin en twüntich=21, selten åin un twüntich.

åine flectirt ganz nach der Weise der Adjectiva. Das unbetonte en hat:

Nom. en; en, 'ne; en
Dat. en, 'nen; en, 'ne; en, 'nen
Acc. en, 'nen; en, 'ne; en.

In Zusammensetzungen erscheint twui und drui z. B. twuihåür'ch =zwiespaltig, druibåin, m.=Dreifufs.

§ 210. Die Ordinalia werden von den Kardinalzahlen mit der Endung -de, -te gebildet. Bemerkenswerth sind:

drüdde=dritte; achte, achtede=achte; fåwede, füfde, fuiwede= fünfte; siewede=siebte, niegede=neunte, tåijjede=zehnte.

Von „de drüttåijjeste“ an werden sie von den Kardinalzahlen vermittels Anhängung von „-ste“ abgeleitet. Vor dem -ste fällt n ab. Sie gehen nach der schwachen Adj.-Flexion.

C. Pronomina.

§ 211. a. Persönliches ungeschlechtiges Pronomen:

	I. Sing.	Plur.	II. Sing.	Plur.	III.
Nom.	ik	wui	diu, du	jui, ji	
Gen.	muine	iufe	duine	jiue	? suine
	selten muiner		selten duiner		
Dat.	mui, mi,	us	dui, di	jiu, ju	sik
Acc.	mui, mi	us	dui, di	jiu, ju	sik

du, mi u. s. f. stehen unbetont.

§ 212. b. Persönliches geschlechtiges Pronomen:

	Sing. Masc.	Fem.	Neutr.	Plur.
Nom.	„ håi, he	såi, se	et, it	såi, se
Gen.	„ —	—	—	—
Dat.	„ äm, än	üar	äm, än, en	en, üar
	selten häm			
Acc.	„ än, en	såi, se	et	såi, se

Unbetont he und se. Üar als Dativ Plur. ist ganz gebräuchlich. Wenn es heifst: „Muine schörde? ik häwwe üar fergieden,“ so ist üar fehlerhafter Dativ statt des Accusativs „såi“.

In „et senter niegen“=es sind neun scheint „er“ Gen. Plur. zu sein. Doch kann in dem „senter“ auch das Adv. där=engl. there stecken, zumal man hört: et woer'n der (auch woer'n-er) nich fiele mär=es waren nicht viele mehr da.

Das Weib, besonders das unverheirathete, heifst in der Volkssprache „et“, während die Verheirathete meist såi, sai genannt wird. Der Ehemann selber sagt „et“, wenn er von seiner Frau redet. Daher die Redensart: dat 's håi un suin et=da ist er mit ihr. Auch bei Lyra findet sich s. 56 „juue et“. In dem mehrerwähnten Herforder Gedicht vom j. 1656 heifst es von einer Braut: „sien maur was“= ihre Mutter war. Diese sächliche Auffassung des Weibes ist indessen im Schwinden.

c. Possessives Pronomen.

§ 213.		
muin	muine	muin
duin	duine	duin
suin	suine	suin
iufe	iufe	iufe
jiue	jiue	jiue

Die 3. Pers. Sing. Fem. und Plur. Fem. lautet üar, üare, üar. Die bis vor Kurzem gültige Anrede, welche namentlich stets von den Kindern gegen ihre Eltern angewandt wurde, war „jui=ihr“. Wo an deren Stelle in den letzten Jahren das Såi=Sie getreten ist, tritt ihm ein Üar=Ihr zur Seite. Kinder sagen jetzt meist „diu“ zu ihren Eltern.

Bemerkenswerth ist: dat es muine, duine=das ist der, die meinige, deinige; dat es muint=das ist das meinige.

d. Demonstratives Pronomen.

§ 214.

1.

	Sing. Masc.	Fem.	Neutr.	Plur.
Nom.	„ de, dai	de	dat*)	de
Dat.	„ dän, däm	de	dän, däm	dän
Acc.	„ dün	de	dat	de

2. düſſe, düſſe, düt=dieser, e, es. Plural: düſſe=diese. Nebenformen sind: düsse, dösse, döſſe.

Bisweilen hört man einen Gen. Sing. Masc. und Neutr. „düſſet.“
Vergl. düſſetwiagen=deswegen.

3. Got. jains ist nur in dejienige, dejienichte=derjenige erhalten.
jient=dort, gienten=dorthin, giensuit=jenseits.

e. Fragendes Pronomen.

§ 215.

1. Sing. Masc.		Neutr.
Nom.	wär, wä, wän	wat
Dat.	wän, wäm	—
Acc.	wän	wat

wat en!=was für ein, z. B. wat en minske! Wat minsken!=welche
Menge Menschen!

2. Nach st. Adj.-Flexion geht wecke, wecke, wecket?=welcher, e, es?

f. Relatives Pronomen.

§ 216. Die Relation wird ausgedrückt durch de, de, dat und
durch wär, wat.

g. Unbestimmtes Pronomen.

§ 217. jåider=jeder, Fem. jåide, Neutr. jåidet. Dazu jåider-
åine=ein jeder.

mannich, manjer=mancher, Fem. manche, je, Neutr. manchet, jet.
Dazu mannig-åiner=manch einer, auch manjer åine. Manges=oft
aus mangesten. Nig-åine=nicht einer, keiner.

Nin, ninne, nin=kein, e, kein steht adjectivisch. Dagegen Niems
nich=Niemand.

Niks, niks nich=nichts.

Ichtens, adv.=irgendwie bisweilen auch soviel wie „irgend etwas.“
Man=man.

Enanner=einander.

Sük, -e, -et=solch, Plur. sücke=solche.

San=solch ein; ohne Hauptwort alleinstehend säu åine=ein solcher.

Sülben=selbst, superlativisch sülwest, sümst, süms.

Desülwige=ebenderselbe.

Wecke=einige, auch de wecke, z. B. de wecke segget=einige
sagen.

---

*) Als bestimmter Artikel auch „et“ z. B. et hius=das Haus.

De wat, auch blofs „wat"=einige, z. B. de wat mäket et säu=einige machen es so; wat luüe=einige Leute. Paderbornisch findet sich: woät=schriggeden=einige schrieen. „Wat" heifst sonst „etwas."
Wär=irgend einer, z. B. Es der wär wian?=ist jemand da gewesen?
Aus dem Hochdeutschen drangen ein: etwäs, etlik, kåin, jemmant.

Die Komparation.

§ 218. Die Komparation des Adjectivs besteht in der Endung -er. Der Superlativ wird durch Anhängung von -est, -st gebildet. z. B. fuin=fein, fuiner, fuinste. -est wird gemeiniglich nur nach Konsonantenverbindungen angewendet, z. B. lütkeste=kleinste, aber schåünste =schönste, bluinste=blindeste mit Ausfall des d. st geht häufig in s über, z. B. bluinse=blindeste.

Verkürzung des Stammvokals bei der Komparation zeigen:

   ault, Komp. öller, Sup. ölste, elste;

   gräut, „ grådder, „ gråtste.

Näuh=nahe hat naiger, naigste.

Das Adverb hat -er und -esten, -sten. Endet das Adverb auf -ste, so fällt das -est des Superl. aus, z. B. druiste=dreist, Komp. druister, Superl. am druisten.

Unregelmäfsige Komparation.

   geot=gut — biader — beste

   fiel=viel — mair — måiste

de måiste man=die Meisten.

Minne heifst „schwach", minner=schwächer, minste=schwächste und „mindeste".

Interjectionen.

§ 219. Unter den gebräuchlichsten sind:
ai! Freude, Verwunderung; hahá!=ahah!; hä! Abscheu; 'm! Zweifel; 'm, 'm! Bejahung, Zustimmung; 'n! Verneinung; o! Oh!; pist! still; tüs! lass! still!; û! Furcht, Entrüstung.

Ein paar bekannte Hirtenrufe lauten:
Hoe tso, tso hoe! Halí, baleo! Tri balí, tri baleó!

Geht eine Kuh auf fremde Weide, so rufen die Hirtenjungen: hoe, hoe! låt stille stäun, . . sinne keoh es (hät) griafen gäun!

Zweiter Abschnitt. — Die Konjugation.

I. Die starke Konjugation.

§ 220. Unter den ravensbergischen Zeitwörtern dürfen die starken ein lebhaftes Interesse beanspruchen, da sie in kaum erwartetem Mafse alte Lautverhältnisse bewahrt haben. Man wird nach Betrachtung ihrer Endungen sowohl als ihrer Ablautsvokale behaupten dürfen, dafs von den im Volke lebenden germanischen Dialekten kein einziger ein starkes Verbum besitzt, welches sich mit gleicher Treue

an das gothische oder an dasjenige irgend einer andern altdeutschen
Sprache anschliefst.

Was zunächst die Endungen des rav. Verbums angeht, so er-
läutern sie sich am besten durch eine Vergleichung mit den altsächsischen.

Diese lauteten:

§ 221. **Präsens.**   **Präteritum.**

		Indic.	Conj.	Imper.	Indic.	Conj.
Sing.	I.	-u	e		—	i
„	II.	-is	ês	—	i	îs
„	III.	-id	e		—	i
Plur.	I.	-ad	ên		un	în
„	II.	-ad	ên	ad	un	în
„	III.	-ad	ên		un	în

Infinitiv -an. Part. Präs. -and. Part. Prät. -an

Die entsprechenden ravensbergischen Endungen sind folgende:

Präsens.   **Präteritum.**

		Indic.	Imper.	Indic.	Conj.
Sing.	I.	-e		—	e
„	II.	-es, s	—	es	es
„	III.	ed, et, d, t		—	e
Plur.	I.	ed, et, (e)		en	en
„	II.	ed, et, (e)	ed, et	en	en
„	III.	ed, et		en	en

Infinitiv -en. Part. Prät. -en.

Beispiel:

Präs. Indic.	Imper.	Prät. Indic.	Prät. Conj.
ik singe*)		sank	sünge
diu singes	sink!	sünges	sünges
håi, såi, et singet		sank	sünge
wui singet		süngen sungen	süngen
jui singet	singet!	süngen	süngen
såi singet		süngen	süngen

Inf. singen. Part. Prät. sungen.

§ 222.   **Bemerkungen.**

Die 2. Sing. Präs. hat, gegenüber dem hochdeutschen st, noch
ihr altes es, s, der Pl. Präs. et, ed. In der 2. und 3. Plur. Präs. wird
die Endung e angewendet, also t, d abgestofsen, wenn die Prono-
mina wi, ji hinter dem Verb stehen z. B. singe ji?=singt ihr?

Der Conj. Präs. fehlt.

Die 2. Sing. Prät. Indic. ist conjunctivisch und zeigt stets den
Stammlaut des Prät. Plur. — Im Plur. des Prät. weisen die meisten
Verben den umgelauteten Stammvokal, den des Prät. Conj. auf, z. B.
wi süngen=wir sangen. Doch hört man auch noch wi sungen. Die

---

*) Diese Formen sind die regelmäfsigen. Die Nebenformen sind weggelassen.

Formen des Conj. Prät. haben sich regelmäfsig entwickelt. Ihr e=
altem i u. î bewirkte den Umlaut des Stammvokals.

Das Part. Präs. fehlt. Eine Spur von demselben steckt in dem Ausdrucke: teoken wieke=künftige Woche.

Von einer Vorsilbe ge- im Part. Prät. ist jetzt nichts zu spüren. In dem Herforder Ged. v. j. 1656 findet sich: et esse wispelt=es ist davou gemunkelt.

§ 223. Das Endungs-e der 2. und 3. Sing. Präs. wird meist elidirt. In diesen Personen bleibt gegenüber dem langen oder diphthongischen Vokale der 1. Sing. und des Plurals der ursprünglichere meist kurze und einfache Vokal in der Regel in seinem Rechte. So lautet die 3. Präs. Sing. von buinen: bint, von gîben: gift, von niemen: nimt. In der 5. Reihe findet sich in diesen beiden Personen i gegenüber dem ui der 1. Sing. und des Plurals, also bluiwen: blift, buiden: bit, smuiden: smit, stuigen: sticht, schuinen: schint u. s. f.

Interessant sind die 2. und 3. Sing. Präs. besonders in Verben der 2. und 3. und in denen der 6. Reihe. In den Verben aus der 2. und 3. Reihe tritt hier ein zu ä gewordenes a gegenüber dem „gebrochenen" diphthongischen Vokale der 1. Sing., dem **ia**, auf: iade: ät, liafe: läst, wiage: wächt, pliage: plächt, stiake: stäkt, stiale: stält, auch befiale: befält. In der 6. Reihe zeigen diejenigen, welche in der 1. Sing. altes iu bewahren, ü, also kriupe: krüpt, siuge: sücht, sliude: slüt. Bei denjenigen, welche in der 1. Sing. und im Plur. åi, äi angenommen haben, verharrt trotzdem in der 2. und 3. Sing. das alte zu ü gewordene u, also fråife: früst, låige: lücht, ferdråiden: ferdrüt.

Zu erwähnen sind in Bezug auf dieses Verhältnis noch: he schült: ik schåile, he gült: ik gåile, he kümt: ik kuome. Den tonlangen Vokal der ersten Person zeigen nur einige Verben der späten **4.** Reihe: he mält, he läet, he wäket, sowie einige andere, deren Präsens vielleicht als schwach aufzufassen ist: he schuiet=er scheidet (gegen he schit=cacat); he späulet=er spaltet. Ik tåihe=ich ziehe hat: he tuüt, schåihen=geschehen: et scbuüt, släue=schlage: he slåit.

In den südwestfälischen Mundarten finden sich zahlreiche Beispiele, in denen die 2. und 3. Sing. Präs. den (langen) Vokal der 1. Sing. hat. So bei Grimme: he ferluifet=er verliert. Iserlohn: he kruipet=er kriecht, du schrëiwes=du schreibst.

§ 224. Nach den Wurzel- und Ablautvokalen, in Vergleichung gesetzt mit den gothischen, altsächsischen und angelsächsischen Lauten an entsprechender Stelle, zerfallen die ravensbergischen starken Verben in folgende Klassen und Reihen:

Erste Klasse.
Erste Reihe.

Die mit einem * bezeichneten Verben sind auch schwach.

got.	i	a	u	u
as.	i, ë	a	u	u, o
ags.	i, ë, eo	a, ä, ea	u	u, o

Im Ravensbergischen gruppiren sich die Verben dieser Reihe so:

a)   i   a   u, ü   u
    spinne=spinne   span   spunnen oder   spunnen
    he spint; spin!   du spünnes   spünnen
    Ganz ebenso gehen: bedingen, dringen, drinken, klingen, gelin-
gen, rinnen, sinnen, singen, stinken, schrinnen, slingen, sinken, sprin-
gen, swingen, twingen, winken, winnen, wringen, Nr. 1—19.

b)   iar   är   üer   uor
    stiarwe=sterbe   stärf   stüerben   stuorben
    stärft; stärf!   stüerwes
    Ebenso: ferdiarben.   Nr. 20—21.

c)   i, e   o   ö   o
    swelle=schwille   swol   swöllen   swollen
    swilt   swölles
    Ebenso: glimmen, quillen, smelten, schenken*, swemmen, fer-
schrecken=erschrecken (auch ik ferschräuk=ich erschrak). Nr. 22—28.

d)   ä   o   ö   o
    hälpe=helfe   holp   hölpen   holpen
    hälpet; hälp!   hölpes, (hülpes)
    Ebenso: mälken,* fächten, flächten.*   Nr. 29—32.

e)   a   o   ö   o
    daske=dresche   dosk   dösken   dosken
    he dasket   döskes
    basse=berste   bosse   bossen, bössen   bossen
    he bast   bösses
    Ueber das unorganische e im Prät. Sing. 1. u. 3. vergl. oben § 14. —
Nr. 33—34.

f)   ui   äu (au)   uü   iu
    buine=binde   bäunt   buünen   biunen
    bint; buint!   buünes
    Ebenso: fuinen=finden, wuinen=winden. Die 3. Sing. Präs. von
wuinen: he wuinet, zum Unterschiede von he wint=er gewinnt. Vergl.
zu diesen Wörtern oben § 59. Nr. 35—37.

g)   åi   äu   üe   ua
    schåile=schelte   schäult   schiïelen   schualen
    he schült; schåil!   du schüeles
    Ebenso wie schåilen geht gåilen=gelten. Nr. 38—39.

h)   Mit Uebergängen in andere Reihen:
befiale=befehle   befeol, befäul,   befoelen   befualen
he befält (å); befial (ä)! befoeles
    Ebenso gehen: ferhialen=verhehlen, ferbiargen=verbergen.
Letzteres zeigt: he ferbärcht=er verbirgt, he ferbärch=er verbarg.
krimpe=krimpe   krump   krümpen   krumpen
et krimpt   Conj. krümpe
wair'=werde   wärt, wört   wüern   wörn
he wät, wärt; wair'! du wüer's. Nr. 40—44.

Zweite Reihe.

§ 225.

got.	i	a	ê	i
as.	i (ë)	a	â	ë, (u, o)
ags.	i, e	a, ä	â, ae	e, (u, o)

Im Ravensbergischen bewegen sich die Verben dieser Reihe innerhalb folgenden Schemas:

	i, I, ie, ia	a	ai	I, ie, ia
a)	gīwe, giewe=gebe	gaf	gaiben	gieben
	he gift; gif=gieb	du gaiwes		
	fergiede=vergesse	fergat, fergäut	fergaiden	fergieden
	et fergit mi=ich ver-	du fergaides		
	gesse es.			

Nr. 45—46.

b)	sidde=sitze	sat	saiden	siaden
	he sit; sit!	saides		
	ligge=liege	lach	laigen	liagen
	he licht; lich!	du laiges		
	bidde=bitte	badde	baiden	bian
	he biddet; bidde!	baides		

He biddet wohl wegen as. biddian=bitten, dagegen he bit=er beifst. Nr. 47—49.

c)	iade=esse	at	aiden	iaden und
	he ät; ät=ifs!	du aides		„gieden“
	liafe=lese	las	laifen	liafen
	he läst; läs!=lies!	laifes		
	triae=trete	trat	traiden	triaen
	he trät; trät!	traides		

Nr. 50—52.

Mit Uebergängen:

d)	miade=messe	mat, meot	moeden	miaden
	he mät; miat, mät!	moedes		
	=mifs!			
	wiage=wiege	weoch	woegen	wuagen
	he wächt; wäch!=	du woeges		
	wieg!			

Ebenso bewiage*=bewege. Nr. 53—54.

e)	såihe=sehe	såuch, sach	såügen	såihen
	he suüt; suüh!=sieh!	såüges		
	.schåihen=geschehen	schåuch, schach	schåügen	schåihen
	et schuüt	et schåüge=es ge-		
		schähe		

Nr. 55—56.

Dritte Reihe.

§ 226.

got. i	a	ê	u
as. i, ë	a	â	u, o
ags. i, e	a, ä	â, ae	u, o

Im Ravensbergischen fügen sich die Verben dieser Reihe, soweit sie nicht Uebergänge in andere Reihen zeigen, in folgendes Schema ein:

a)

ie, ia	a	ai	ua
nieme=nehme	nam	ai	ua
he nimt; nim!	naimes		
pliage*=pflege	plach	plaigen	?
plächt	plaiges		
stiake=steche, stecke	stak, staik, steok	staiken	stuaken
he stäkt; stük=stich!	du staikes	od.stoeken	od.stiaken
kuome=komme	kam, quam	quaimen	kuomen
he kümt; kum!= komm!	du quaimes	od.kaimen	
*schiar'=scheere	—	—	schuar'n
he schiart			
*gebiar'=gebäre	—	—	gebuar'n
gebiart=gebiert			

Nr. 57—62.

Die übrigen lebenden Verben dieser Reihe zeigen durchgehend Uebergänge in andere Reihen.

b)

ia	eo	oe	ua
stiale=stehle	steol, stal	stoelen	stualen
he stält; stäl! und	stoeles		
stial=stiehl!			

Genau ebenso gehen briaken=brechen, driapen=treffen, spriaken =sprechen.

Endlich sind hier zu erwähnen:

*trecke=ziehe	trok	tröcken	trocken
he trekt, trecket	du tröckes		
—	—	ferkloemen†	ferkluomen

Nr. 63—68.

Vierte Reihe.

§ 227.

got. a	ô	ô	a
as. a	ô	ô	a
ags. a	ô	ô	a

Folgende Verben haben diese Ablautweise durchgebildet:

a)

a, ā, ia	eo	oe	a, ā, ia
gräwe=grabe	greof	groeben	gräben
he gräft; gräf!	groewes		

---

†) ferkluomen=steif geworden, von Frost, Gicht. Müllenhof. z. Quickborn s. 202 verklamen=steif werden.

*māle=mahle	meol	moelen	mālen
he mālet; māle!	?		
lāe=lade	leot	loeden	lāen
he lāet; lā';	loedes		
släue=schlage	sleoch	sloegen	slāgen
slåit=schlägt; släu!	sloeges		
*backe=backe	beok	boeken	backen
he bakt	?		
driage=trage	dreoch	droegen	driagen
he drächt; driach=!	droeges		
trag!			
*wäke up=wache auf	weok up	—	—
he wäket up; wäk!	?		
*jäge=jage	jeoch	joegen	(jāget)
he jächt, jäget	joeges		
*fråge=frage,	freoch	froegen	(fråget)
fråcht; fråg!	froege		

Nr. 69—77.

b)

wasse=wachse	wuofse	wuofsen	wuofsen
he wäst=er wächst	du wuofses	u. wüöfsen	
waske=wasche	wuoske	wuosken	wuosken
he wäsket; wask!	wüöskes	u. wüösken	
*swiar'=schwöre	swuar	swuar'n	swuar'n
he swiart	?		

Nr. 78—80. Vergleiche aufserdem die zahlreichen Uebergänge in diese Reihe § 225 u. 226.

Zweite Klasse

Fünfte Reihe.

§ 228.

got. ei	ai	i	i
as. î	ê	i	i
ags. î	â	i	i

Ravensbergisch:

a)

ui	ai	I	I
bluiwe=bleibe	blaif	blīben	blīben
he blift; bluif=bleib!	du blīwes		

Genau ebenso gehen: druiben=treiben, kruigen=bekommen, muigen=harnen, schruiben=schreiben, stuigen=steigen, swuigen=schweigen, wruiben, bruiben=reiben. Nr. 81—88.

Die Part. Prät. haben bisweilen auch ie statt I z. B. schrieben =geschrieben. Von druiben=treiben findet sich, vielleicht in Erinnerung an dreop=traf, ein Präteritum dreof=trieb.

b)

ui	ai	ie	ie
buide=beifse	bait	bieden	bieden
he bit! buit!	biedes		

Ebenso gehen: bluiken=bleichen, fergluiken=vergleichen, gruinen=weinen, kuiken=blicken, knuipen=kneifen, ruiden=reifsen, schuinen=scheinen, sluiken=schleichen, struiken=streichen, wuiken=weichen, wuifen=weisen. Ferner:

*duijje, duihe=deihe	daih		dīhen	dīhen
he duijjet=er gedeiht	dīhes			
gruipe=greife	graip		griepen	griepen
he gript; gruip!	griepes	u. grīben		
gluie=gleite	glait		glīen	glīen
glit; gluit!	glīes			
smuide=schmeifse	smait		smīen	smieden
he smit; smuit!	smīes			
schuide	schait		schieden	schieden
he schit	schiedes	u. schīen		
bekliben = anschlagen, von gereiserten Bäumen; he beklift= er schlägt an.	beklaif		?	beklīben
luie=leide, leite	lait		līen	līen
he lit=er leidet	līes			
muie=meide	mait		muien	mīen
he mit=er meidet	?		(schw.?)	
nuige=neige	naich		?	?
he nicht	?			
*puipe=pfeife puipet	paip		?	?
ruie=reite	rait		rīen	rīen
he rit; ruit!	rīes			
*spluide=spleifse	splait		splīen	splīen
he split=er spaltet, spleifst	? splīes			
struie=schreite, streite	strait		strīen	strīen
he strit=er streitet	?			
schruie=schreite	schrait		schrīen	schrīen
he schrit; schruit!	?			
snuie=schneide	snait		snīen	snīen
he snit; snuit!	snīes			
schuie, schaie= scheide	he schaie (schw.)		schīen	schīen
he schuiet	?			
ferwuide=tadle	ferwait		?	ferwieden
he ferwit	?			

Häufiger als he strikt ist „he struiket"=er streichet. Auch he wuiket=er weicht. Zu luien=leiten ist das Part.-Adjectiv ferlieden =neulich, ferlieden jäur=vergangenes Jahr zu erwähnen. Nr. 89—118.

Dritte Klasse.

Sechste Reihe.

§ 229.

Got.	iu, û	au	u	u
as.	iu, io, û	ô	u	o
ags.	eó, û	eá	u	o

Ravensbergisch zerfallen die Verben dieser Reihe in zwei Gruppen, solche, welche im Präsens 1. Sing. und Plur., sowie im Infinitiv das alte iu bewahrt haben und solche, bei denen in den genannten Fällen ein åi, ai an die Stelle des iu getreten ist.

a)
iu	äu (au)	û, üe (üö) ua
kriupe=krieche	kräup	krüeben kruaben
he krüpt; kriup!	krüepes	o. kruapen
liuke. iut=raufe aus läuk iut		lüekeniut iutluaken
he liuket, lükt=er du lüekes iut		
rauft aus		
diupe,diuke=tauche	—	— duaken
he diuket, dükt		od.duapen

Ganz wie kriupen gehen: twåichkniuben*=zerknittern, riuken=riechen, schiuben=schieben, schriuben*=schrauben, siugen=saugen, siupen=saufen, sliuden=schliefsen, sliuken*=schlucken, sniuben=schnauben, sniuden*=schnäuzen, stiuwen=stieben. Ein st. Verb. luken, ptc. laken=ausrupfen findet sich auch im Herforder Ged. v. j. 1656. Nr. 119—132.

§ 230.

b)
åi (äi, ai)	äu (au)	üe, üö ua
gåide=giefse	gäut	güeden guaden
he güt; guüt, güt! güedes		

Ganz ebenso: båigen=biegen, he båcht, bücht=er biegt, Imp. buüch!; bedråigen=betriegen, he bedrücht; flåiden=fliefsen, et flüt; låigen=lügen, he lücht, luüch, lüch=lüge!; ferlåifen=verlieren, he ferlüst, ferluüs!; schåiden=schiefsen, he schüt, schuüt!=schiefs!

Wie bedråigen geht sik dråigen up=sich verlassen auf, he drücht, dråcht sik; druüch di nich=verlass dich nicht! Vergl. Woeste bei Kuhn, Ztschr. II. s. 207.

An diese Verben schliefsen sich mit kleinen Abweichungen:

båie=biete	bäut	büen	buan
he büt; buüt!	bües		
flåige=fliege	fläuch	flügen	fluagen
he flücht; fluüch!	?	selt. floegen	
fråifen=frieren	fräus	früefen	fruafen, fruarn
et früst	früefes		
ferdråide=verdriefse	ferdräut	ferdrüeden	ferdruaden
et ferdrüt	?	auch ferdråüden,	
		ferdroeden	

klåiwe=spalte	kläuf	klūben	kluaben
he klåft; Imp. ?	klūwes		
genåide=geniefse	genäut	genüeden	genuaden
he genüt; Imp. ?	du genåüdes	u. genåüden, genoeden	
tåihe=ziehe	täuch	tūgen	tüagen
he tuüt; tuüh!	tūges	selten toegen	

Von klåiben Präs. und Inf. nur in „en bodder klåiben=ein Butterbrot abschneiden und anrichten. Sonst gebraucht man im Präs. das schw. Verb klåüben, klåfte, klåft. — Das Particip ferruaten=verrottet und das Prät. spräut up=spross empor scheinen allein zu stehen. De appel sent ferruaten=die Aepfel sind faul. Vergl. engl. rotten. Nr. 133—146.

§ 231. Für sich stehen:

gråfe=grase	gras	graifen	griafen
he gräst; gräs!	?		
twiage=beuge	twäuch	twoegen	twuagen
he twåcht twächt	twoeges		
*moede=begegne	meot	moeden	moeden
he möt=er begegnet	?		(selten)
schrinnen=schmerzen	schran, schrain ?		schrienen
et schrint [(zur 5. R.)			

gråfen, bisweilen auch griafen im Infin., schließt sich der zweiten Reihe an. twiagen=beugen z. B. einen jungen Baum hin und her biegen. Von moeden ist das Präteritum gebräuchlich. Häufiger ist indessen das schw. Verbum moede, modde, mot; schrinnen, von dem Schmerze unmittelbar nach einer Hautverletzung. Nr. 147—150.

Ehemals reduplicirende Verben.

§ 232.

fale=falle	fel	fellen	fallen
he fält; fal!	felles		
häule=halte	håilt	håilen	häulen
*fäule=falte	fäult	fäulen(schw.)	fäulen
fålt, fäult; fäul!	?		
*sålte=salze	—	—	sålten
he såltet; sålte!			
*späule=spalte	späult	späulen(schw.)	späulen
he späult, spålt; späult!	?		
fange=fange	fenk, fink	fingen	fangen
he fäng't, fänkt; fank!	finges	od. fengen	
hange=hänge	henk, hünk	hengen	hangen
he häng't, hänkt; hänk!	hünges	o. hüngen	
håide=heifse	håide=hiefs	håiden	håiden
he het	he hait=er befahl		
	du håides=du hiefsest		
läupe=laufe	låip	låipen	läuben, -pen
he låpt; läup!	låipes		

ståüde=stosfe	stäut, neben	ståüden	—
he ståt; stäut, ståüt!	schw. stådde		(schw. ståt)
schråe, schräue=schrate	schrait	—	schräuen
se schråt	?		
reope=rufe	råip, raip	roepen	reoben
he röpt; reop!	du raipes, roepes	selt. raipen	
slåpe=schlafe	slåip, slaip	slåipen	slåben
he slåpt; slåp!	slåipes		
låde=lasse	låit, lait	låiden	låden
he låt; låt!	låides		
blåfe=blase	bloes	bloefen	blåfen
blåst, blås!	bloefes		
bräue=brate	bråit	bråiden	bräuen
he bråt, bräut!	broedes	od. broeden	
räue=rathe	råit	råien	räuen
he råt; räut, räu!	råides		

Schråen=schraten, von Milch, welche, während des Kochens, sich zersetzt, aber auch=schroten. Das schwache ståt=gestosfen bereits im j. 1656; schaien=scheiden siehe 5. Reihe. Nr. 151—167.

§ 233. **Bemerkung.** Der Imperativ Singularis zeigt in der Regel den Vokal der 1. Sing. Präs. Bisweilen indessen tritt derselbe, wie die Tabelle zeigt, mit dem kurzen Vokale der 2. und 3. Sing. Präs. auf.

Dies ist besonders bei den Verben der 2. und 3. Reihe der Fall. Während von den Verben der 6. Reihe diejenigen, welche im Inf. auf iu lauten, auch Imp. Sing. mit dem Vokal iu haben z. B. sliuk!= schlucke, zeigen diejenigen, welche an die Stelle jenes iu im Inf. und in der 1. Sing. Präs. ein „åi, ai" treten liefsen, sämmtlich Imp. Sing. mit dem Vokal uü, dem Umlaute zu dem ursprünglicheren iu.

II. Die schwache Konjugation.

§ 234. Die altsächsischen Endungen in der schwachen Konjugation gestalten sich günstigsten Falls im Ravensbergischen so:

1)

	Präsens.			**Präteritum.**	
	Indic.	Conj.	Imp.	Indic.	Conj.
Sing. I.	e			ede	ede
II.	es, 's		e	edes	u. s. w.
III.	et, ed, 't	der Conj. fehlt		ede	wie der
Plur. I.	et, ed, e			eden	Indicativ.
II.	et, ed, e		et, ed	eden	
III.	et, ed.			eden	

Infinitiv: -en. Part. Präs. fehlt. Part. Prät. -et, ed, 't.

Beispiel: līwen=leben.

<table>
<tr><td align="center">Präsens Indic.</td><td align="center">Präteritum.</td></tr>
<tr><td>ik līwe=ich lebe</td><td>ik līwede=ich lebte</td></tr>
<tr><td>diu līwes</td><td>diu līwedes</td></tr>
<tr><td>hâi līwet</td><td>hâi līwede</td></tr>
<tr><td>wui līwet</td><td>wui līweden</td></tr>
<tr><td>jui līwet</td><td>jui līweden</td></tr>
<tr><td>sâi līwet</td><td>sâi līweden</td></tr>
</table>

Conj. Präter. wän ik līwede=wenn ich lebte. Imperat.: līwe, līwet!
Part. Prät.: līwet=gelebt.

Diese Konjugationsweise ist bis heute bei der grofsen Mehrzahl der schwachen Verben anwendbar und ist in der gesetzten Rede erwachsener Leute die Regel.

§ 235. 2) Daneben aber besteht, besonders im Munde der heranwachsenden Generation, eine andere, die sich von der ersteren dadurch unterscheidet, dass sie im Präteritum von der Endung -ede, edes, eden nur noch e, es etc. übrig lässt, so dass z. B. das Präteritum von ik huape=ich hoffe lautet:

ik huape
diu huapes
hâi, sâi, et huape
wui huapen
jui huapen
sâi huapen

Es unterscheidet sich also die 1. und 2. Sing. Präter. nicht mehr von der 1. und 2. Sing. Präs.

§ 236. 3) Deshalb wird denn auch in gewissen Fällen, der Deutlichkeit halber, statt dieser abgeschliffenen Form des Präteritums eine neue Zusammensetzung des Infinitivs mit dem Präteritum von deon=thun gewählt und es heifst z. B. statt wän ik huape=wenn ich hoffte: wän ik huapen daie. Oder: dat he dat huapen dai, wuss' ik wâl=dass er das hoffte, wusste ich wohl. (Vergl. weiter unten das Präteritum von deon=thun.) Dieses dritte Präteritum kann natürlich nur da in Anwendung kommen, wo das deon=thun syntactisch hinter den Infinitiv zu stehen kommt, also in Nebensätzen oder in Wendungen wie huapen dai he dat=er hoffte das wohl, aber . . . .

Die abgekürzten Präteritalformen oder die Zusammensetzung mit „ik dai“ ziehen besonders die auf d und l endigenden Verbalstämme vor, indem das d und l des Stammes mit dem d der Endung zu einem d oder l werden. Also: he swaide=er schwitzte von swaiden, he ärbâide=er arbeitete, he niagele=er nagelte von „niageln“. Auch nach ng wird das d der Endung mit Vorliebe „verschluckt“. So he senge=er sengte, he lange=er langte.

§ 237. Eine Zusammenstellung ravensbergischer schwacher Verben ohne und mit Ableitungssilbe, geordnet nach dem Vokale des Stammes, möge hier folgen. Sie wird namentlich die Einsicht in die westfälischen Vokalverhältnisse fördern, aber auch in anderen Beziehungen interessante Momente darbieten.

I. Verba ohne Bildungssilbe.

a) Stammvokal kurz.

Stammvokal a:

anken=ächzen, frangen, sik=sich balgen, happen=schnappen, jappen=jappen, klawwen=klettern, lachen=lachen, lasken=aneinander fügen, peitschen; naggen=nagen, planten=pflanzen, racken= Flachs „racken“, rammen=aus freier Hand kaufen, salwen=salben, schadden=Steuer nehmen, tappen=zapfen, tassen=betasten, tippen= berühren; dajjen=a u f t h a u e n, drajjen=drehen, krajjen=krähen, klajjen =kratzen, klettern; majjen=mähen, sajjen=sähen; sajjen=sagen; najjen=1) nähen, 2) wiehern.

Stammvokal ä:

brännen=brennen, bürchfässen=frohnen; käffen=keifen, päsken= wählen, beim Ballspiel.

Stammvokal å:

dåwwen=thauen.

Stammvokal e:

heffen=keuchen; kellen=schmerzen, kleppen=läuten, kretten sik =sich zanken; ledden sik=verweilen, verziehen; leggen=legen, messen =misten, sedden=setzen, seggen=sagen, tellen=zählen.

Stammvokal i:

bicken=picken, bissen=wild umherlaufen, slenkfissen=faullenzen, gissen=muthmaſsen, hicken=sich niederlegen, jippen=piepsen, kimmen= kämmen, ferklicken=vergeuden, licken=lecken, missen=missen, nippen =schlummern, pinken=baumeln, siffen=zischen, smicken=schmecken, smitten=russig machen, stibben=eintauchen, wicken=wahrsagen.

Stammvokal o:

hobben=hauen, stoppen=stopfen, tocken=locken, wiarlocken= wetterleuchten. frojjen sik=sich freuen, lojjen=laut singen, rojjen= reuen; snojjen=leichthin brennen, strojjen=streuen; mojjen sik=sich grämen.

Stammvokal ö:

döppen=ausschälen.

Stammvokal u:

bucken=lehnen an jemand; bunken=schlagen, pochen, dullen= faulen, dumpen=sticken, huffen=dumpf bellen, nuffen=leise knurren, plunnen=gerinnen (Milch), schuppen=schupsen, schrubben=scheuern, tucken=zucken, uchten=in der Morgendämmerung arbeiten.

Stammvokal ü:

brüwwen=brauen, drübben=tropfen, drüwwen=drohen, dünken= dünken, grüwwen=grauen, günnen=gönnen, günnen=zu essen begehren (von Kindern), krüllen=kräuseln, küllen=den Rest geben, lüllen=saugen, püdden=schöpfen aus dem „püt“, schüppen=schütteln (Flüssigkeiten), schüdden=schütten, ferhakstücken=verarbeiten, durchsprechen.

§ 238.

b) **Stammvokal tonlang** (einschliefslich der R-Länge).

Stammvokal ā:

bāden=nützen, bāen sik=baden, blārren=plärren, bedārn sik= unklug handeln, jānen=gaffen, näuflāen=„nachsagen“, māken=machen, mālen=malen, māuen=mahnen, rāken=raffen, sāpen=salbadern, schāen =schaden, betālen=bezahlen, wāgen, wāen=verkehren, gehen; wāken =wachen, wāren=in Acht nehmen.

Stammvokal ī:

bīwen=beben, īren=irren, līwen=leben, sīfen=zischen.

Stammvokal ū (ū r):

dūr'n=dauern.

Stammvokal ū̆:

drū̆gen=trocknen.

§ 239.

c) **Stammvokal lang.**

Hierher gehören:

brâken=braken, gruifegrâlen=peitschenknallen, prâlen=prahlen, râfen=rasen, swânen=schwanen, wâgen=wagen; râsken=schreien (Kuckuck); panâfen=jem. den Hintern aufschnellen lassen, indem man Kopf und Beine fasst; schrâken=schreien (Vögel); îken=eichen; pîpen, sik=sich küssen.

§ 240.

d) **Der Stammvokal ist ein ächter oder unächter Diphthong** (entsprechend altem Diphthong oder alter Länge).

Stammvokal ai:

aifen sik=sich fürchten; kair'n sik=sich kehren an; lair'n=lehren, lernen; maien=miethen, pailen=durchmessen (mit langen Schritten), ferpaifen sik=sich verfressen (Kühe), knâisailen=kniefesseln, swai- den=schwitzen.

Stammvokal âü:

râüden=rösten (Flachs). Alle übrigen schwachen Verben mit âü vergl. unter § 253.

Stammvokal âi (äi):

pâiken=stehlen, spiefsen, dâinen=dienen, gnâifen=grinsen, grâifen =grausen, jâinen=reichen, mit der Sense, lâiken=laichen, afrâien= absondern, snâien=Schnee wegschaffen, wâien=jäten (Flachs).

Stammvokal ui (ii, ui):

fuilen=feilen, luiken=gleichen, zielen; wuien=jäten; quuinen= kränkeln, huigen up=sinnen auf, huigen=keuchen; ferfuir'n sik= erschrecken, kuir'n=fegen, wuir'n=wehren; fluijjen=putzen, fruijjen =freien, ruijjen=reihen, snuijjen=schneien, spuijjen=speien, twuijjen =entzweien, fertuijjen=verstören (ein Nest), wuijjen=weihen.

Stammvokal eo:

Es finden sich bleoen=bluten, jeolen=johlen.

Stammvokal œ:

hloemen=trüben, bedwoelen=sich verirren, groeten=grüsſen, hoeen =hüten, noemen=nennen (auch naimen), ploegen=pflügen, snoeen, sik=sich heraus machen, heswoegen=1) ohnmächtig werden, 2) beseufzen, fertoer'n, sik=sich verfeinden, troenen=mit Bitten quälen.

Stammvokal iu:

briuken=brauchen, gliupen=finster blicken, griuſen=grausen, hiuken =hocken, hiulen=heulen, jiuchen=juchzen, liuen=lauten, liunen= ühler Laune sein, liuſen=lausen, piulen=wühlen in, siuſen=sausen, sliupen=schlüpfen, ferstiuken=verstauchen.

Stammvokal uü:

buüken=auslaugen, hruüen=necken, klamuüſern=grübeln, kruüen =jäten, pruünen=schlecht nähen, snuüden, sik=sich schnäuzen, huüen =verstecken, suüken=siechen, tuügen=zeugen, tuünen=zäunen; schuüjjen=scheuen; huür'n=hehen, huür'n=miethen, kuür'n=sprechen, reden, nuür'n=schwellen (Euter), pluür'n=umrühren, schuür'n= scheuern, sluür'n=nachschleppen, stuür'n=steuern.

§ 241.

e) **Der Stammvokal ist eine der westfälischen „Brechungen".**

Stammvokal ia (altes a):

hiaen=heten, ferhiagen=aufbewahren, kniaen=kneten, quialen= quälen, schiamen=schämen, tiamen=zähmen, wiawen=weben; mit folgendem r: fiarwen=färben, miarken=merken, niaren=nähren, sik schiaren=sich scheeren um, schiarpen=schärfen, tiaren=theeren, fertiaren=verzehren, tiargen=hetzen.

Stammvokal ie (altes i):

hlieken=hellen, driefen=fein regnen, lienen=lehnen, riepen=reffen, schielen=angehen, sliepen=schleppen, smielen=schwelen, spielen= spielen, strieken=leicht pflügen, striepen=streifen, tielen=zeugen.

Stammvokal ua (altes u):

huapen=hoffen, knuaden=treten, kuaken=kochen, puaden=bepflanzen (Bäume), ruan=roden, stuaken=stochern; huar'n=hohren, smuar'n=schmoren.

üa: hüalen=höhlen, trüagen, sik=sich zanken.

Stammvokal uo (altes u):

buoken=stampfen, tuoken=zucken, zupfen; wuonen=wohnen; knuor'n=knurren, snuor'n=die Eisbahn schlagen, tuor'n=girren, uor'n=wühlen (Sau).

Stammvokal üe, üö (altes u, y):

guölen=ergiebig sein; jüöken=jucken, schüölen=den Bodensatz aufschütteln, stüenen=1) stöhnen, 2) einer Wöchnerin Geschenke bringen; süelen=beschmutzen; tüenen=verwickeln, zaudern; wüerken =wehen.

II. Verba mit Bildungen, abgeleitete Verba:

§ 242.

a) Die Bildesilbe -i g scheint nicht vorzukommen, denn Verben wie künnigen=kündigen u. a. m. klingen unvolksthümlich.

Das ndd. Wort für künnigen wäre beispielsweise „upseggen". So heifst „künnigen"=kündigen auf gut Ndd. afseggen, upseggen. Dem kirchlich-plattdeutschen Ausdrucke: ferkünnigen=aufbieten steht der ächt heimische „fan de kansel gĩben" zur Seite. Jedoch ist ein Wort wie bännigen=bändigen ganz gebräuchlich.

§ 243. b) Verba mit der Bildungssilbe e n sind selten. Auch fällt das „en" in vielen Formen in der Regel aus z. B. krissen, kassen =taufen, åigen=verdienen, du åiges sliage=du verdientest Schläge. Jedoch kann das „en, 'n" verharren in der Aussprache von riaken'= rechnen, siang'n'=segnen, tåik'n'=zeichnen. Man hört: he riakent, riaket und riaknet.

§ 244. c) Verba mit der Bildungssilbe e r:

ballern=schallen, gallern=wund peitschen, hauen; hampern=hapern, klawwern=klettern, quaddern=schwatzen, sabbern=geifern, slabbern =schlappen, jäckern=reiten zum Vergnügen, späckern=schwatzen, scheuchen (Elstern); lustern=zuhören, horchen; pråddern=brodeln; kel-tern=prasseln, splentern=umherspritzen, weltern=wälzen, walzen; gni-ckern=knickern, jibbern=piepsen, klispern=räuspern; schilwern=ab-schürfen, slickern=naschen; stoltern=stolpern; föddern=fordern; bullern=kollern, schummern=dämmern, pultern=polternd fallen; tådern=schnattern, bĩwern=beben, spüddern=spützen, aimern=sich abmühen, dåir'n=auffüttern, mit Milch, båijjern=beiern; ferbuistern =verbiestern, juimern=wimmern; flaimern=schmeicheln, taiwern= umherirren; beklöekern, sik=sich belehren, kliadern=prasseln, klia-pern=klappern, riadern=rasseln, siepern=sickern, snüakern=schnup-pern, gnüadern=gnöttern; spüödern=spüttern.

§ 245. d) Verba mit der Bildungssilbe e l:

dammeln=tändeln, drawweln=zaudern, grabbeln=grapsen, gasseln =das Brod „gasseln", gnawweln=benagen, jawweln=jaulen, krawweln =krabbeln, quackeln=schlecht schreiben, sabbeln=geifern, snawweln =schnabeliren, swabbeln=quappen, wabbeln=quabbeln, vor Fett; quängeln=nergeln, kräckeln=wortzanken, kricheln=hüsteln, nibbeln =benagen, mit dem Schnabel, snippeln=schnitzeln, rippeln=sich rühren, wrickeln=drehen, wispeln=flüstern; towweln=zaudern, dobbeln=wür-feln; buffeln=wühlen, duffeln=duseln, fummeln=betasten, grummeln =fernher donnern, knuffeln=knittern, nuffeln=näseln, schummeln= watscheln, „schieben", subbeln=sudeln, suckeln=saugen, smuddeln= besudeln, wuffeln=wühlen; grüjjeln=gruseln, knüffeln=kneifen, sto-fsen, mümmeln=mühsam kauen, pümmeln=baumeln, snüffeln=schnüf-feln, båfeln=blind zu gehen, stråkeln=straucheln, strolchen, gnuücheln =schmunzeln, huücheln=heucheln, stroefeln=strolchen; kiedeln= kitzeln, kriemeln=wimmeln, nüöfeln=näseln, rüefseln=rascheln, triefeln=kreiseln, tüedeln=zaudern, tüöfeln=zerren; biadeln=betteln, drüödeln=säumig sein, drüömeln=in die Länge ziehen, bedrüefeln= beduseln; güaweln=sich brechen.

§ 246. e) Verba auf -ken und -kern:
knüfken=knuffeln, padken=treten, gehen, prätken=schmusen, schwätzen, putken=mit kleinen Schritten gehen, puortken=furzen, runtken=kosen, raunen; ralken=sich wälzen, sänken=salbadern, tiepken=necken, mit dem Finger, tülken=harnen; näuflätkern=„nachsagen", pötkern=mit den Kochtöpfen hantiren, snitkern=schnitzeln.

§ 247. f) Verba auf -sken:
gönsken=demüthig hitten, hüönsken=beschwichtigen, jäusken= seufzen, ächzen, pülsken, plasken=plätschern.

§ 248. g) Verba auf -sen, -fen:
fitsen=mit Ruthen streichen, klånsen=plump einher gehen, luksen =heimlich ausraufen, pramfen=vollstopfen, rätsen=räsoniren.

§ 249. h) Verba auf -stern:
hiarmstern=prügeln, kiekstern=kichern, rängstern=umherlärmen, tüakstern=gackern, biustern=bumsen, pluüstern=zerzausen.

§ 250. i) Verba auf -wern, -bern:
bulwern=Blasen treiben, bulbern=schluchzen, kölwern=aufstofsen, schilwern=abschürfen.

§ 251. k) Verba auf -åir'n, -äir'n:
koråir'n=kuriren, lankåir'n=flankiren, probåir'n=probieren.

§ 252.
Bemerkungen zur schwachen Konjugation.

1) Das Part. Präs. fehlt. Reste scheinen zu stecken in Wendungen wie: he es nich dügede=er taugt nichts; he es nich låübend, låübende=er gehorcht nicht.

Die Vorsilbe ge- im Part. Prät. fehlt. Auffällig ist das auslautende e in: stoppede ful=gedrängt voll, stickede ful=zum Ersticken voll. In den regelm. schw. Verben fällt das Endungs-e des Imp. Sing. bald ab, z. B. måk!=mach! set!=setze!, bald verharrt es, z. B. schråijje!=schrei!, schüdde!=schütte!

2) Rücksichtlich des Endungs-e der 2. und 3. Sing. Präs. und des Part. Prät. ist folgendes zu sagen. Die meisten Verben ohne Bildungssilbe bewahren das e, oder lassen es wenigstens als ein stilles e fortwirken. He ploeget=er pflügt, he gliup't=er sieht scheel. Nothwendig ist die Erhaltung des e besonders in denen, deren Stamm auf f, sk, w, j, g, gewöhnlich auch bei denen, deren Stamm auf d, t, s endigt.

He aifet sik=er fürchtet sich, et sifet=es zischt, he lïwet=er lebt, he krajjet=er kräht, et dajjet=es thaut auf, he drûget=er trocknet, he wisket=er wischt, he rätset=er räsonirt. Nach r geht das e in dem r unter, z. B. he buürt=er hebt, trägt.

Verba mit den Bildungssilben -er, -el, -en, -åir stofsen das e der Endung -en, -es, -et stets aus, z. B. quaddern=schwätzen, du

plieders=du rübrst durch, bâi lustert=er lauscht, mânert=zu Tode
gequält, bâi pingelt=er klingelt, hâi tâikent=er zeicbnet, korâirt=
kurirt.

§ 253. 3) Eine gröfsere Anzahl Verben ohne Bildungssilbe aber
haben in der 2. und 3. Sing. Präs. und im Part. Prät. äcbte Synkope
des Endungs-e und verkürzen ihren Stammvokal oder, wobl richtiger,
treten mit kurzem Stammvokal anf in der 2. und 3. Sing. Präs., im
ganzen Präteritum und im Part. Prät. Dieselben bewahren dann
sämmtlicb im Präteritum das „de" der Endung „ede".

Es sind folgende:

Inf.	3. Sing. Präs.	Prät.	Part. Prät.
bâügen=beugen	he bâcbt	bâgde	bâcbt
boeden=beizen	böt	bodde	bot
brâien=breiten	bret	bredde	bret
broeen=brüten	bröt	brodde	brot
dûgen=taugen	dâcht, dücht	dâgde	dâcht
dâinen=dienen	dent	dcnde	dent
drâümen=träumen	drâmt	drâmde	drâmt
drûgen=trocknen	drücbt	drâgde	drâcht
beduüen=bedeuten	bedüt	bedudde	bedut
floeken=fluchen	flökt	flokde	flokt
floeden=flöten	flöt	flodde	flot
foelen=füblen	fölt	folde	folt
ferhuüen=verstecken	ferbüt	ferhudde	ferbut
boeen=büten	böt	hodde	hot
klâüwen=spalten	klâft	klâwde	klâft
lainen=leihen	länt	lände, länne	länt
luüen=läuten	lüt	ludde	lut
lâüwen=glauben	lâft	lâfde	lâft
luien=leiten	let	ledde	let
fermoeden, sik=vermnthen	fermöt	fermodde	fermot
moeen=begegnen	möt	modde	mot
mâinen=meinen	ment	mende, menne	ment
he mogde=er wüblte	?		?
oewen=necken	öft	owde	oft
oelen=wüblen	ölt	olde	olt
râügen=rühren	râcht	râgde	râcbt
ruümen=râumen	rümt	rumde	rumt
smâüken=schmaucben	smâkt	smâkde	smâkt
spoeken=spuken	spökt	spokde	spokt
sprâien=ausbreiten	spret	spredde	spret
stâüden=stosfen	stât	stâdde	stât
toeben=warten	töft	towde	toft
käupen=kaufen	kâft	kâfde, kâfte	kâft
soeken=sucben	söcbt	socbte, sogde	socht

Der Imperativ Sing. ist von der Vokalkürzung ausgeschlossen. Er enthält stets den Stamm des Wortes, steht also ohne Endungs-e, z. B. toef!=warte! floek!=fluche! lâuf!=gehorche!

§ 254. 4) Rückumlaut kommt nicht vor: hrännen=brennen, ik hränne=ich brannte; bränt=gebrannt.

§ 255. 5) Seggen=sagen hat in der 3. Sing. Präs. he sächt. Im Präteritum ik sägde, gewöhnlicher ik sia'; sächt=gesagt. Ganz ebenso geht leggen=legen.

III. Anomala.

§ 256. 1) bringen=hringen, hringe, brâchte, brâcht.
2) denken=denken, denke, dachte, dacht.
3) hähhen=hahen, häwwe, hadde, hat.
Präs.: ik häwwe; diu häs; he hät, häfd; wui häwwet, hähh't; jui häwwet, sâi häwwet. Conj. Prät.: ik hedde.
4) dünken=dünken. Mi dücht, seltener: mi dünket.
Prät.: mi duchte=mir däuchte, aber gewöhnlich: he dünke sik=er dünkte sich. Mi häd ducht= mir hat gedäucht, selten dünket. Wat diu di wâl düchs!=Was du dir wohl einbildest!

Anomala der st. Konjugation.

§ 257.

I. suin=sein (östlich: wâſen).

Präs.: ik sen, sin; diu his; he es, is; wui sent, sint (aber sen wi?); jui sent; sâi sent.

Prät.: ik was; diu woeres; hâi was; wui, jui, sâi woeren, woer'n, seltener: wair'n.

Conj. Prät.: ik woere.

Imp.: sui! bisweilen his! z. B. his stille!=sei still!; suit!=seid!

Part. Prät.: wiaſen, wian, wäst.

§ 258.

II. gäun=gehn, stäun=stehn, deon=thun.

Präsens:

gäue	stäue	deoe
gâis	stâis	does
gâit	stâit	doet
Plur.: gäuet	stäuet	deoet

Imperativ.

gânk	stânt, stont	deo!
gäu't	stäu't	deo't!

Präteritum.

Sing.: gink, günk, gonk	stont	dai
genges, günges	stönnes	daies, daides
gink, genk, günk	stont, stunt	dai

Plur.: gengen, güngen u.   stönnen, stünnen   daien oder daiden
     göngen

Prät. Conjunctiv.

    günge   stünne, stönne   daie, daide

Part. Präter.

    gäun   stäun   däun

§ 259.

III. Präterito-Präsentia.

	Präs.			**Präter.**		**Part. Prät.**
1. u. 3. Pers.	2. Pers.	Plural.		Indic.	Conj.	
1. mot	most	müet		moste	möste	most
2. sal, schal	sos, sas sost, sast	süet, schüet		solle, scholle	solle	solt
3. mach	machs	müeget		mochte, moche	möchte, möche	mocht
4. kan	kans	küönt		konne	könne	kont
5. wåit	wåis	wietet		wuste, wusse	wüste, wüsse	wust, wieden
6. wel, wil	(wos, wus)	wüt		wolle, wol'	wolle	wolt
7. draf	drafs	drüebet		drofte	dröfte	droft

8. günnen ist schwaches Verb.

9. dûgen, diugen, däugen=taugen.

Präs.: Ik diuge, däuge; he dücht, dåcht, däuch.

    Plural: såi diuget, dûget, däuget.

Prät.: dochte, dûge, däuch.

Partic. Prät.: docht, dûget.

    Die Infinitive sind:

müeden, süelen, müegen, küönen, wieden, drüeben=müssen, sollen, mögen, können, wissen, dürfen. Die Uebrigen fehlen.

    Din „wos, wus" und „sos, sast" scheinen in das Präsens eingedrungene Präteritalformen zu sein.

    Wulle=willst du! wudde!=willst du! wüwwi?=wollen wir? söwwi?=sollen wir? wüjji, wojji!=wollt ihr?

    Endlich ist zu erwähnen: he doste (sik)=er wagte.